ユニヴェール11

ラヴェンダーの翳り

日置俊次
Shunji Hioki

書肆侃侃房

ラヴェンダーの翳り＊目次

装画　寺澤智恵子
装幀　宮島亜紀

I　サバンナ

サバンナ

しまうまの耳のごとくに蠟の火のゆらぐたまゆら母が顕《た》つなり

見るたびに遺影の母のほほゑみの翳りうつろひ火の耳ふるふ

しまうまの耳はぴくりとひるがへり仏壇はいつか風の中なり

しまうまはうちのめされてうつむきて耳をふるはす母の声へと

火照る頬に片蹄《かたて》を当てて思ふなり花の世話うまき母のあの指

蠟燭に煤《すす》がたれたり縞をなすそのゆらめきの蕾を見つむ

とほいとほい草原にわれは斑馬《しまうま》となりて探しぬ亡き母の風

背の高き草かきわけてかきわけて痛みを堪《こら》ふ耳と縞との

鬣《たてがみ》の縞揺らしつつ縞のなき耳ひらめかす燭火《しよくくわ》のごとく

母慕ふ心の紅《あか》さそのにがさひたひたとわれは読経するのみ

線香の煙ひとすぢかなたへと登りゆくなり龍の青さで

あの世とはこんな淋しい風なのか草嚙めばにがき滂沱《ばうだ》の涙

仏前のわれはサバンナの草原に立ちておほきな夕日見てゐる

春さむ

ありえないもののひとつぞ湯の入らぬ湯たんぽありて電気満たせと
ダルメシアンのルメはぐるぐる輪を描いて丸く寝るなりため息ののち

布団へと滑り込みそして丸くなるルメはいつよりわが湯たんぽか

湯婆《タンポ》は日本で「湯湯婆《ゆタンポ》」となるお婆さんのぬくもりはルメの温もりに似て

「老婆《ラオポ》」ならば妻を指すなり「湯老婆《ゆラオポ》」のなきこと少しをかしみてをり

湯たんぽはむかし凸凹《でこぼこ》の縞ありて斑馬《しまうま》のごとくなめらかなりし

千尋より名を剝ぎとりし「湯婆婆《ゆばあば》」よ意地わるき目のかがやき哀し

※宮崎駿監督「千と千尋の神隠し」。

油屋《ゆや》の街と九份《ジオウフェン》はよく似てをりぬいま提灯に灯《ひ》ともりをらむ

※九份は台北の東北30キロほどにある街。金鉱で栄えた。

ぷにぷにの湯たんぽのごとき大きさのぷるつぷるを呑む千尋の父は

※モデルはバーワンであろう。

九份で食べしバーワンちひさくていやいや普通の大きさだといふ

※肉圓。揚げたもののほかに蒸したものがある。

わが犬ルメは

わが犬をしまうまと呼ぶ幼子とホルスタインと呼ぶ親過《よぎ》る

こもれびにハナニラの花こもれびに翳るルメの背こもれびわれは

ダルメシアンのなめらかなぶちこもれ陽《び》にわが墨蹟のごとく息せよ

ほそき茎のびて黄いろき花揺るるウマノアシガタを嗅がざりルメは

なぜ「馬の足型」なるや花も葉も似てをらずルメもわからぬといふ

腰低き花に見ゆれど毒満つる五弁の黄いろはユダの着衣か

石垣のいつもの穴に青大将ぬるぬると今朝は尾しか見せぬか

やまぶきはけふ笑顔なりかほ伏せてゆふべは雨をこらへをりしに

春なるにああうつせみと見まがひぬ水辺の枝の水蠆《やご》の衣よ

チョコ、葡萄、キシリトールを食べさせてゐるらしき犬好きがベンチに

※犬には毒であり、食べさせると死ぬことがある。

この池は沸騰もせずわが影のルメも揺らさずみどりなりけり

※二〇一六年から二〇一七年まで、台北・北投の地獄谷あたりに住んでいた。

かの池のほとりの廟《べう》は地獄なる谷の底なりたれも詣《まゐ》らず

※地獄谷は沸騰するエメラルドグリーンの池であった。

だれひとりわれを見るものなき谷に陰廟とわれとふたり立ちたり

北投《ベイトウ》にルメをらざりし一年をいまひだまりに取り返しをり

ペロリだワン

白き犬のまだらの耳の揺れにけり駆けるときふいに振り返るとき

ルメと目で語りあふなり口のかたち耳のふるへみな肌に感じて

ほんたう?とルメは必ず聞きかへすふたりの大切な儀式のやうに

うつむきて考へてゐるしろき頬打ち初めたるよ淡き膏雨《かうう》は

ダルメシアンまだらの肌で駆けぬけよわれのまだ見ぬサバンナをゆけ

ルメの舌は濡れたるままにいくたびも鼻のうへまで届く薔薇色

舌を出しなんども黒き鼻なめて「ペロリだワン」とルメはつぶやく

「ペロリだワン」それも大切な合ひことば舌だすルメよ桜《はな》降る道に

舐めること大切なのよとルメは言ひけふも夜明けの枕辺に立つ

顔舐めてわれを起こしてまだ空の木の椀見つめ振り返るなり

ゑさ入れは木の厚き椀サバンナのアカシアのまるき葉むらのごとし

五月の木魚

昨日《きぞ》泣きしおかげでここにラヴェンダー見いだしたるかまだつぼみなる

かまきりの卵鞘《らんせう》浮かぶラヴェンダーのつぼみも茎も葉も匂ふなか

木道の柵のワイヤを好むやご今朝もよろよろぶらさがりをり

蟬よりも小《ち》さくやはらかき脱けがらが太きワイヤに縋りてをりぬ

蛍光色といふべき黄いろの腹をもつとんぼなり羽の乾くを待つは

池の面《も》の若葉のみだれ見つめたり眼は渇くのだ水映さねば

公園でたれか木魚《もくぎょ》を叩くやうぽくぽくぽくと薫る風に響きぬ

老人が腰かけベンチの背を肘で打ちつづけてをり規則正しく

陽だまりに女男《めを》のキジバト歩みをり夫婦のやうなよそよそしさで

どくだみの咲きかけの白き花捩れこれから十字をなすと思へず

黒つぽき血のごときもの散らばりて神社の前にほそき桑の木

エッファタ

藤波は枯れつくしたり亀戸の藤まつりつひになかばなれども

かきつばたゆふぐれの青は透きとほりすきとほるほど青く重たし

嘆くべきことなりやたうとう日は暮れて戦闘機たちがトンボにもどる

好物の鰺の干ものを買ひにけり今宵も踏絵を踏むやうな気で

好きなもの買ふこと罪となぜ思ふ鰺の干物とポテトサラダと

ピュラモスもティスベも死んで桑の実はどすぐろき血のやうな甘さよ

※ロミオとジュリエットのモデル。桑の木の下で自害した。

「キユーピー」の「ユ」はデザインの問題でギユーッと黄なるチユーブ絞らむ

※この「ユ」は常に大文字。

ソラマメのヴィシソワーズを冷やしゆくわがちさき鍋に初夏がしづもる

梅雨入《つい》りして舌がもつれる雨ごとにわが身の奥の闇が膨らみ

ボタン重しマルガレーテ・シュタイフのぬひぐるみなるわれの耳には
※シュタイフ社のトレードマークは「ボタン・イン・イヤー」(Button in Ear)。

耳開き舌のもつれが解けるやうに「エッファタ」と天を仰ぎ見るなり
※Ephphatha「開け」という意味。『マルコによる福音書』のアラム語。

シアン

資産家を探し百人と見合ひして青酸《シアン》で殺戮せし老女あり
遺産狙ひ青酸を飲ますその作法しづかにしづかに反復するのみ

十億の遺産もすぐに蕩尽し青酸を射る的を探さむ

シアン色のいろむらありて匂ひなきあぢさゐは蠟の造花のごとし

かたつむりは這へども食べずあぢさゐの葉はつやのある青酸《シアン》なるゆゑ

空梅雨に自裁するとき太宰の手にシアンありされど飲まず身を投ぐ

はみだしてくる蒼き香よ　唸る蜂　蝶の舞ふ声　われ呼ぶは誰《た》そ

山手線ドアの上なるモニターに音無きニュース読み続けたり

東京ドームＮＥＷＳコンサートのニュース土曜もわれは背広着てをり

グッズ買ふだけで四時間の行列とふ驚きのニュースが流れゆくなり

※ＮＥＷＳは手越祐也ら四人のアイドルグループ。

青酸《シアン》いろで「祐也」と頰に書く少女乗りこんで来る梅雨の終電

ユーグレナ

みにくいアヒルの子ならばいつかは愛でられむほんたうにアヒルの子でないならば
黒羊の黒は厄介者をさすルメはまだらでほほ笑んでゐる

雨突きて歯を食ひしばりペダルこぐ少年が曳く水尾《みを》を目で追ふ

梅雨の夜は崖を歩きてゐるやうな気がする青酸《シアン》のにほひ嗅ぎつつ

傘もなきこんな夜なり濡るる背に突き落とさむと百の手が寄す

龍之介を鼓舞する金之助の手紙読まねばをれず千度目ならむ

いかにも効果ありさうな名の「ユーグレナ」飲まねば損とCMがいふ

「ユーグレナ」と名をかへ健康増進を愛でられむわれはミドリムシなり

II

背をふるはせて

ラヴェンダーの翳り

それもみなココアのせゐか淋しさのほのあかるみて涙とまらず

キャンパスの初等部につづく花の道駆け出《い》だしたり半ズボンの子ら

細道につんつんラヴェンダー咲《ひら》き素知らぬ顔で学童ら過ぐ

夏　なぜにかくもあくがれて彷徨《さまよ》ふかラヴェンダーの香の翳りもとめて

はげしさは暗さなりけりかつて知る荒れ地のかをりと渇き、くるめき

サバンナに少し似てゐるプロヴァンスの草原をわれは駆けしことあり

汗に濡れぎりぎりきしむこの飢ゑを闡明《せんめい》せむと木下闇《こしたやみ》出る

ああそれは喉の翳りか夏の日を溢るるくらきものの堰き止めし

きつねとざくろ

青桐《あをぎり》は幹あをくして青山の大松《おほまつ》稲荷にあを葉しげらす

大松の切り株のうへに建つといふ稲荷の昏《くら》き鈴を響かす

このまへを茂吉は幾度通りしか向田邦子も手を合はせをり

あをき実の石榴は割れて一対の狐のうへに赤き身さらす

冠をかぶるあたまが逆さ吊りになりて割れたるごときざくろよ

背を撫づればナニ?といふ顔でふりむきてまみどりの眼で睨むかまきり

同じ緑の色がつづいて眼と顔の区別がつかぬかまきりとゐる

背をふるはせて

榊《さかき》の葉にいまもがつちりすがりつく蟬のぬけがら冬立つ朝に

葉の裏のうつせみ怖《こは》しどう見てもいつ見ても顔が笑つてをらず

懸命に生にすがりし手術跡のごとき切れ目が丸き背にあり

池の岬わが水神の紙垂《かみしで》のすきまにもぐる冬の蚊拝す

水神の祠《ほこら》の扉に鋳《い》られたる金の龍叩《う》ち北風ひかる

ルメ連れて傘さしてゆく霜月の池のめぐりにたれも歩まず

かはせみは雨の小枝にとまりをりときをり青き背をふるはせて

四度五度小さき魚を漁《いさ》りたり朱塗りの下嘴《かし》を振りまはしたり

水玉のもやうのルメと雨に濡れそれでもかはせみと話し込むなり

ルメはもう飽きてわが手の綱を引くときをり白き背をふるはせて

たれもゐぬ静寂《しじま》を廻る回転木馬《マネージュ》か跑足《だくあし》でルメは木道を往《ゆ》く

日本館

かつてパリの学生寮に棲みしときあこがれしものガムテープなり

※学生寮は14区の国際大学都市と呼ばれる広大な敷地に並ぶ。

癇性《かんしやう》の黒ぶち眼鏡の青年がガムテープにて部屋清めをり

学食のナイフもコップもウエットティッシュで浄《きよ》めねば口をつけられぬなり

ゴキブリはきれい好きなり日本館で一番きれいな部屋に顔出す

ゴキブリ出でし部屋はハウ酸団子にて床が見えなくなりてをりけり

ウエットティッシュもハウ酸団子もガムテープも日本より送りくれしものなり

その学生われに似てをりうつむきて宮澤賢治の詩集とりだす

ひたすらに遠き日本よ仲麿がメールもラインもなく仰ぐ月

泥棒成金

金持ちからしか盗まぬは美学たりうるや鼠小僧の義賊説はや

※「泥棒成金」は一九五五年公開のアメリカ映画。

泥棒なるケーリー・グラント逃げながらほんたうの泥棒を追ふなり

※原題は「泥棒を捕まえるため」TO CATCH A THIEF

ヒッチコックは稀代の怖がりとりわけて恐れしものは卵なりけり

鳥と卵に怯えやまざり鶏肉店に生まれ育ちしアルフレッドは
※ヒッチコックはトラウマから「鳥」（一九六三）という恐怖映画を作った。

目玉焼きに煙草じうううと押し付けて火を消したるよグレースの母は

宝石をまとひて石油成金のジェシー・ランディスためらはぬ指

撮影はニースなりけりグレースはレーニエ三世に見初められたり

モナコ市街を見下ろす崖でカーチェイスするシーンありあはれグレース

フランスの国鳥であるニハトリを避けしパトカー大破するなり

『悲しみよこんにちは』には予言ありリヴィエラの切り立つ崖の悲しみ

※フランソワーズ・サガンが一九五四年に発表した小説。

ブレーキの利かぬローバーのハンドルを握るグレース五十二《ごじふに》歳なりき

※ローバー3500を運転していた。事故の原因はいまだに不明。

あの崖を卵のごとくゆつくりと転落してゆくグレースよああ

大公妃の死を悼みモナコ公国に雅びなる茶室まうけられたり

※グレース公妃は日本文化をこよなく愛した。一九八二年逝去。

ボンジュール、トリステス。ああ悲しみはかくも明るき風の崖なり

※Bonjour Tristesse　もとはエリュアールの詩の一節。

山椒魚

驢馬に似るくろがねもちの低き木をさぐれども太き尾はなきごとし

崖に身を投ぐる覚悟で池袋の水のたまりに踏み出してをり

水たまりの浅さにひやうしぬけをしてしばらく濡れた靴もてあます

あをびかる山椒魚のごときわが靴の頭《づ》撫でて朝を歩まむ

国連大学その裏手こそわが秘めたる時空を超ゆる入り口である

淀藩の池のみ遺《のこ》る青山にわが影あをく細くゆれをり

稲葉家の屋敷跡なり前世の山椒魚のすがたとならむ

この池は地獄谷へとつながりて訪《と》ふたびにわれは茹でらるるなり

Ⅲ　天のタンゴ

サファイア

朝東風《あさごち》に髪のたうちて人ごみをうつむき歩むメドゥーサわれは

髪うねりかたみに深く嚙みあふも死ぬるものをらず毒へびゆゑに

ハチ公前スクランブルに押し寄する羊のかたくななる角の群

サファイアのごとく燃えゐる眼をあげて殺めむか否、殺めてはならず

眼のあをさ妬まれて怪物となりにけり満ちて醜きわが力忌む

わが眠るとき蛇たちも眠りこけ食ふときは肉をむさぼり齧る

われを見よあをき眼を見よとつひにいふスクランブルの真ん中に立ち

われの首欲するものは多けれど卑劣なりペルセウスの武具など

蒼すぎて傷つきやまぬ胸そこの深さよサファイアのかたき翳りよ

アテナへの供物とせむかアイギスの盾にはめむかわがサファイアを

ぶりきの船

第七艦隊ほまれのイージス駆逐艦ぶりきの塵取りのやうに浮かびぬ
イージスはアイギスの盾そのうへに乗る怪物のメドゥーサわれは

六月の伊豆沖を進むフィッツジェラルドわが目が開き衝突したり
※二〇一七年六月一七日、同名のミサイル駆逐艦がコンテナ船と衝突。

コンテナ船がぽつこり右舷をへこませて船員七名も死んでしまひぬ

八月のシンガポール沖のジョン・マケインわが目が動き衝突したり
※二〇一七年八月二一日、同名のミサイル駆逐艦は石油タンカーと衝突。

タンカーが齧つたやうな跡つけて左舷の船員十名も死す

イージスはわがサファイアの眼なるゆゑ飼ひならし得ず艦長でさへ

われ海に浮いてゐるだけでいくたりの船員を殺しつづけるだらう

横須賀がわが母港なりイージス艦フィッツジェラルドもジョン・マケインも

マケインは海軍提督　フィッツジェラルドはベトナム戦争の英雄である

やすやすと傷つきすぎるわが胸のあをさいつまで　青海原よ

九月入試

秋風の土曜の朝はさやかなり受験生みなしづまりかへる

効きすぎる冷房は止め窓あけて中庭の風を部屋にいざなふ

中庭には楠や桜の樹がならびしとしとと低く虫が鳴きをり

えんぴつと消しゴムを貸す筆記用具忘れたといふスポーツ刈りに

腕時計机の上におくべきか手に巻くべきか質問のあり

かわきたる響き湧くなりうすき字を刻むシャーペンきしきし光る

試験監督のひとりは首の柔軟体操をしてゐる部屋の後ろにまはり

あと十五分となりたり答案はどれも半分埋まつてゐるだけである

天のタンゴ

岩田正師の訃報ふいに降り来たるふるへる受話器をしばらく置けず

先週の土曜日に少し太つたねといはれて頭掻きたるばかり

九十三歳お元気なままの急逝と聞こえたりああ二の句が継げず

父の葬儀母の葬儀もおこなひて喪主たりしされど呆然とする

父も母も癌に苦しみ病院で亡くなりぬいつも夏の夜明けに

キンタロー。とロペスのダンス好みたるひとは天にてタンゴ踊るか

合部屋に二人で泊まりし夜ありて美人はだれかと議論せしこと

馬場あき子師のしづかなるおももちと所作のすみずみ涙湧き来る

台風と雨のみ続きてやうやくに晴れ始めたる空に目をあぐ

なぜ想ひ出すのか白のドレス着て笑むグレースのあの蒼き眼を

師走の朝

柿熟れて逆光の枝に烏をりくちばしがひかるその影のなか

逆光のくちばしに最期の鮮血のごときもの垂れわれを見下ろす

郵便受けに手を入れ探る朝刊のずつしり冷ゆる曲線を抱く

蛇口よりほとばしる水つめたくて何時までも湯にかはらざりけり

湯沸し器の電源入れず蛇口にて湯を待ちてをり息しろく吐き

湯沸し器のスイッチをやつと押しにけりここまで三分は過ぎてゐるなり

流れ去りし水はなにゆゑ流るるか知らぬまま地下の水路へ入るや

下水とは暗くつめたき道ならむ湯が来たるときその闇思ふ

われかつて水でありしよ流さるるまま流されて溶けたり闇に

懸命に湯で石鹼の泡をたて師走の朝のひげを剃るなり

泡も一途と師の言ひしこと思ひ出し一途にあわを流したりけり

IV

おほきなおなら

新年とダルメシアン

雪のごとく輝く肌をしたがへて黒きまだらもしたがへ歩む

「戌《じゅつ》」に犬の意はなけれども戌年のことしはルメとゐて鼻高し

刈りとりし作物を示す「戌」なれば豊かなる収穫の年にしたきよ

初詣の神社へ犬と入ることに今年は遠慮せぬと決めたり

ふだんよりルメと詣でるこの神社ひとを見かけることは少なし

あしひきの山鳥の尾のながながしき列あり正月の氷川神社に

白磁なる盃見つめ巫女あゆむと思へど白きスマホなりけり

ダルメシアンの新年はただひたひたと耳垂るるまま歩みゆかむよ

おほきなおなら

公園を犬とあゆめば子供らに囲まれて質問攻めにあふなり

囲まれるのが嫌ひな犬はどぎまぎしちらちらとわれの顔をうかがふ

われもまたどぎまぎとしてちらちらと黒き斑《ふ》のある犬の顔見る

「この長いしつぽにさはつていいですか」「しつぽはだめです宝物なので」

「しつぽには骨はありますか」「骨がないと動きませんよ」と青ざめていふ

われと犬は目をあはせつつぷるぷるとふるへつつ妙な答へするなり

「どうしてぶちがあるんですか」「そのはうが楽しいからだと思つてゐます」

「おならはしますか」女の子がそつと耳打ちす「毎日してゐます。おほきなおなら」

帰り道「怖かつたわ」とルメが言ふ「でもそんなにおならしてゐるかしら」

蒼き眼のルメはため息ひとつして歩みそめたり斑雪《はだれ》の道を

彼岸の春

柱時計螺子《ねぢ》巻く役はわれなりき台に乗りても爪先立ちで

あれはまだ小学生のころだつた半世紀経ち春まだ淡し

振り子つき時計の電池が切れてゐる壁よりおろしガラスも磨く

電波時計に振り子要らねど振り子ふるさまに命の鼓動愛《め》づるよ

うつそりと振り子見てゐる春彼岸の居間に座したる犬を呼べども

買ひたての菊よりしづく散らしつつ見上ぐる曇天暗し彼岸は

彼岸には子規の句思ふ今年また彼岸の入りは寒くなりたり

※毎年よ彼岸の入りに寒いのは（母上の詞自ら句となりて）明治26年作。

母ありて病苦の果ての子が逝きぬ明治の秋の彼岸入りなり

※正岡子規は明治35年9月19日逝去。

母八重は死にし子を抱きもう一遍痛いというてお見と命じぬ

とぐろ巻くごとくからだをわれに寄せルメは寝入りぬあをき眼を閉ぢ

麦のにほひ

泣き腫らし少女が告げる病名にオーガニックな響きありたり

麦粒腫《ばくりふしゆ》われも目薬さしにけり台湾大学の椰子の木陰に

につぽんの目薬買ひてなほしたる麦粒腫いつか麦のにほひす

ものもらひ・めこじき・めばちこ・いぬのくそいくらでも呼び名あふれて腫れて

熊本では「おひめさん」なれど宮城では「ばか」なりわれは馬鹿姫がよい

柿生《かきお》駅降りたてばかつて麦あをき畑ありたり触れて通りぬ

麦畑はビルとなりたり川はまだ流れて鯉も鴨もをれども

橋に立ち亡き師のまなざしに泣けばあをさぎ浅瀬を去りてゆくなり

青の時代

このひとつき大鳥神社の瓦屋根にあをいタオルがひかかつてゐる

青山通り汗ふきあゆむわが前をゆくをみなGジャンを脱ぐなり

肩出して五月の日ざし浴びてをりカットソー青くぴつちりとして

ノースリーブの季節ならむかあぢさゐのあをく染まるをいまだ見もせず

あをの時代それはピカソの悲しみのきはみをきざむ闇の色なり

鯉のぼりの青きに会へず壊さるるこどもの城の塔見あげをり

※青山の「こどもの城」は撤去が決まった。

こどもの城の塔のガラスにあをあをと反射して雲はくだけるばかり

ああつひにあぢさゐは白くひらきたりこれより青の翳りへ進む

V　失はれしときを探して

荒れ地

菩提樹の茶にマドレーヌひたしたりああマルセルよ東京ぞここは

※「まるで帆立貝の貝殻で型を取ったようなお菓子」（プルースト『失われた時を求めて』）。

五十一歳喘息で死にしマルセルは父医師なるも信ぜず医師を

イリエなる教会も訪《と》ひしが何ひとつわからずに彼の享年を越ゆ

※プルースト『失われた時を求めて』の「コンブレー」という町のモデル。

ペール・ラシェーズに眠るマルセルの墓石にはいつも鉢花並びをりたり

※20区にあるパリ最大の墓地。

真の楽園とは失はれた楽園だとあなたは語るそれは飢ゑなり

わが胸に光る荒れ地よ thym《タン》・romarin《ロマラン》・lavande《ラヴァンド》 の風が吹きてくるなり

※タイム、ローズマリー、ラヴェンダーの仏語。

星の降る声つう、つうと燃ゆるこゑ寝ころびてあふぐラヴァンドのなか

エクス・アン・プロヴァンスの風

国文が専門かすなはち欧州も知らないし世界を何も知らない

留学をちよつぴり経たる外国屋がよく言ふことば聞きてほほ笑む

欧州は何年住みてもわからぬよパリですらわれは何も知らぬを

ラヴェンダーのあをきかをりをたどるときわが胸に咲く荒れ地の日々が
エクスなるミラボー通りの大プラタナス植ゑ替へられたと風の噂に
苔だらけのあのフォンテーヌよいまもなほ温泉水を滴らせるや
「四匹のイルカの泉水」のイルカたちは石のうろこを誇り水吐く

南仏のからからの土のあのかをり梅雨湿りする地に伝へ得ず

不器用でも努力できつと補へるさう信じてゐたラヴェンダーの日々

失はれし時の降る夜は帆立貝を模したる菓子のバター香らむ

セザンヌの山

太陽が好きかと問はれ「ウイ《はい》」といふ最上階の部屋を得るなり

プロヴァンスの寮の窓には乾きたるサント・ヴィクトワール山が満ちたり

一日中太陽の光さしてをり街はづれの丘にわが部屋はあり

セザンヌの山にのぼりてタイム摘むMonoprix《モノプリ》の袋ふたつで足りぬ

※Monoprix（モノプリ）はチェーン店のスーパー。

うすむらさきのタイムの花と海いろの濃きローズマリーの花を束にす

わが破片踏みにじるやうにかど石のかけら散らばる道のぼりゆく

「聖勝利」の山上に御堂建てむとて若者ら石を抱へて運ぶ

※Sainte-Victoireは「聖勝利」という意味。

ばらばらの石積みあげていまごろは空に十字を捧げをらむか

石灰岩のこの塊に幾たびもセザンヌは登るゾラといつしよに

からからの山のなだりに腰おろしプチ・プランスを探すかわれは

※ Le Petit Prince はサン＝テグジュペリの代表作『星の王子さま』。

ああ二月プロヴァンスの野は荒れつくし岩山にわが星の声降る

セザンヌの山のタイムをポトフーに煮込めば翳り増すわが影は

ローズマリーはリンスのかはり風邪ひけばタイム煮だして飲みては眠る

ローズマリーすがしき香なりロス・マリヌスああ「海のしづく」を髪にかけむか

※ローズマリーの語源はラテン語の「海の雫」。

かわきたる風かわきたる香草の影とひかりが沁みゆくわれに

唐辛子とトマト、にんにく。南仏にわれを支へし紅白の糧

二月にはニースの山車より投げらるるミモザの花を顔で受けたり

※ミモザはコート・ダジュール（紺碧海岸）の春を代表する花。

さらさらときさらぎの海のカルナヴァル蕾をひろふはみな日本人

※ニースのカーニバルでは、花合戦といって、次々に投げられる花を拾いあう。

フランス人は大輪の花をひろふなりいま咲きほこるバラにガーベラ

セザンヌの絵は燃やされて一枚もなき街の厚き石畳ゆく

※かつてエクスの美術館の館長がセザンヌ嫌いで、作品を燃やしたらしい。

カリソンはまなこの形ねばりつく白さ欲《ほ》りつつ店通り過ぐ

※アーモンドを主原料にした甘い郷土菓子。高くて買えなかった。

セザンヌをいぢめつづけしエクスなる街には犬の糞あふれたり

ラヴェンダーの湯

プロヴァンスに棲みてあゆめば市場にも修道院にもラヴェンダー咲く

セナンクの修道院を紫に染めあげてラヴェンダーは午睡す

ラヴェンダー畑の蜂のあの羽音むらさきの花の昏《くら》き渇きよ

そしてわれはパリの国際寮に棲むラヴェンダーの香のスプレーもちて

※国際大学都市には各国の四十の居館がある。

大学都市の日本館なり入り口にはフジタのおほきな絵の馬光る

※藤田嗣治の大作「馬の図」。

「日本風」なる屋根のした壁薄き個室より共用シャワーへ通ふ

※日本館にすら湯舟はない。

フランスに香水のはやるわけを知るパリ地下鉄の臭ひをかげば

南仏のかをり抱きつつパリに棲むバゲットにハムとバター挟みて

※フランスパン、ハム、バターはフランスのサンドイッチの基本。

地下にある石灰岩を掘り起こし積みあげにけりノートル・ダムも

バラ窓の紫が胸にしみてしみて苦しかりけりノートル・ダムよ

石灰岩の記憶かこれはこの闇は蒼く渦巻くわが渇きなり

わが掛けしいつもの木椅子遥かなるノートル・ダムの闇に眠るか

あの闇のにほひがなんどもよみがへるひりひりとしてすこしやさしき

ノートル・ダムの屋根に登りて赤らめる湯たんぽのごとき夕日見てゐる

傘さささぬパリジャンたちの真似をして髪まで濡らす　風邪をひきたり

石灰岩そびゆる街をゆくたれも雨に濡れをりああ傘ささむ

モンマルトルのぶだう畑は桑畑《くはばた》を思ひださせる木の低さなり

むらさきの果実の粒はぶだう、桑かく隔《へだ》たれどひとしく甘し

近江絹糸の工場ありしうぶすなのあの桑畑の道駆けしこと

セーヌ沿ひ冬のオルセー「白と黒の静物」にセザンヌの息を聴く

しまうまが橋を渡つていくやうな宵あり雪のノートル・ダムへ

ソルボンヌの指導教授はネクタイにラヴェンダーの香がしみてをりたり

あれはもう何十年前の過去ならむ日本かここは湯舟あるゆゑ

日本のポプリはすぐに香が褪せるなにゆゑ淡しラヴェンダーの香も

芳香剤はどれも「ラベンダー」と謳《うた》へどもつひにラヴァンドの翳りを知らず

「ラベンダー」のバブが湯舟に融けてゆく二月のいまだ冷え深き夜に

むらさきのきさらぎの夜の湯につかるああラヴェンダーきさらぎに咲け

わがマドレーヌ

やはらかき貝のかたちのマドレーヌ口に含みぬ貝殻のまま

研究室のドアノブに真つ赤な紙袋かかりてをりぬすぐにはづしぬ

「先生へ」と書かれし好物のマドレーヌ　かつての教へ子マリにあらずや

復活せしイエスが「マリア」と呼びかけるマリヤ・マグダレナそして振り向く
※マリア・マグダレナは「マグダラのマリア」を指す。

マリヤ・マグダレナやつと気づきてやうやくに「ラボニ」と発す光るイエスに
※彼女はヘブライ語で「ラボニ」と言った。「先生」という意味である。(『ヨハネによる福音書』)。

「ラボニ」とはヘブライ語ならずパレスチナで当時使はれたアラム語である

「ノリ・メ・タンゲレ」とイエスは答ふコレッジョの絵なるイエスの衣は青し
※Noli me tangere はラテン語で「私に触れるな」。ただしイエスはアラム語で言った。

嫉妬深きひとの往来はげしきによりてマリアに触れさせずイエスは

マドレーヌはマグダラのマリアああパリの古代ギリシア神殿は見ゆ

地下鉄のドア閉ぢるときギロチンを思ふ刃を避けドアより離《さか》る

ギロチンのかつておかれしコンコルド広場から王様街をあゆみぬ

コリント式大列柱にかこまるるマドレーヌ寺院正眼《せいがん》で捉ふ

※L'église de la Madeleine を直訳すると「マドレーヌ教会」である。

あの寺院の共同墓地に埋められし遺体のマリー・アントワネットは

※フランス語でマリ（マリー）は、マリアを指す。

正面の石段はいつも血のごとき花あふれをりさうならむ今も

祭壇は昇天するマリア・マグダレナの瞳を閉ぢし白き像なり

マドレーヌの遺骨納むる寺院なり地下にはランチの食堂がある

神殿のまはりはフォーション、フォアグラ屋トリュッフ屋もありバカラもありき

A《あ》o《を》ビルの地下の紀ノ國屋に降りてけふも高価な野菜を眺む

※青山にある楔形に近い商業ビル。地下に舶来品を売るスーパーがある。

東京に棲むわれはひとりスーパーでパプリカと唐辛子を見てをり

店にフォーレ「シチリアーナ」が響きだす赤き唐辛子眺めてをれば

秋風のごとき影持つフルートよ「シチリアーナ」はなぜに寂しき

タオルミナの古代ギリシア劇場は雪かぶるエトナ火山を背にす

劇場へ降る陽《ひ》はげしく借景に地中海蒼くすきとほりたり

ギリシアの古き影たちを「先生」と呼ぶこともなく生きて来しわれは

マドレーヌ寺院の首席オルガニストとなりぬ南仏の才児フォーレよ

フォーレ「月光」わが偏愛の曲にしてヴェルレーヌの詩は要らぬと思ふ

「古典的かつ現代的」と謳《うた》ひつつフォーレ師はラヴェルを育てあげたり

マドレーヌ寺院のフォーレ国葬に自身の「レクイエム」響きわたりぬ

アリスティド・カヴァイエ・コルのあのパイプ名高しされど聞きしことなし

パッシーのフォーレの墓は簡素なり近くに眠るドビュッシーもまた

※パリ16区にある墓地。

羽や脚の命の鑢《やすり》にわが耳朶《じだ》もふるへをり闇に虫の音《おと》満つ

こほろぎの声にじむふかき闇の底いまも木椅子に膝抱へをり

帆立貝《サンジャック》は教会の名なりイリエなる船底のごとき木の天蓋の

※プルーストが通った思い出の教会はサン・ジャック教会である。

使徒の最初の殉教者なり漁《いさ》り網つくろひをりしサン・ジャックとは

※サン・ジャックとは聖ヤコブのことである。

けふもまたマドレーヌ一つ齧りたりマグダラのマリア飲みくだすため

Ⅵ

死者われが言ふ

夜明け前

梅雨寒のひどさがニュースに流れをり鼻水垂らし米を研ぐなり

梅雨寒に震へあがりぬ米とげば水のぬくもりこの手をつつむ

炊飯器を「芳醇炊き」に設定し湯気の噴き出すときを待つなり

台所に活けしあぢさゐ青い粉が散つてゐるまな板を洗ひぬ

夜明け前が一番暗い　梅雨寒の夏至を迎ふる包丁の先

とりあへず散らかるままにテーブルを残して出勤の傘をさすなり

梅雨の道帰りて濡れて眠る日々気づけば朝を迎へてをりぬ

頓狂なトンボがわれの夢に舞ひ寒しと嘆くわが指に来よ

蜂窩織炎《ほうくわしきえん》

皮膚にゐるブダウ球菌いつもなら見事にバリアする体なり

かすり傷ごときでずんずん足指が腫れてゆきすずめ蜂の巣となる

このからだストレスにより防波堤がゼロであるらし菌は押し寄す

命にかかかはる炎症であると聞きおよび慌てて皮膚科へバス乗りてゆく

手術まへ麻酔注射を打つ時の痛みが最もひどいと知りぬ

学生が授業へ押し寄せるゆゑに烙印押さるる異端者われは

陰に陽に徒党を組みて異端者を撃ちつづけるや永き年月

短歌詠む異端者の足の親指はふたたび蜂の巣となりにけり

台風をめぐるアジアからの質問

ジョンダリは東から西へ列島を渡りゆくどこもボロボロにして

※二〇一八年七月に発生した台風十二号は、関東から九州へと逆走した。

チェービーはすごかつたわねチャーミーも列島縦断していくなんて

ジョンダリは雲雀でチェービーは燕チャーミーは椿の花のことです
ジョンダリは北朝鮮でチェービーは韓国、チャーミーはベトナムの言葉
日本では台風に名をつけぬゆゑ雲雀か燕かその名を知らず

台風に名前がないならどうやつてむかしの災害を語るのですか

日本もハトとかトカゲとか名をつけてゐるのに誰も知らないのですか

鳩も蜥蜴も鯨もみんな生きてゐて災害の名にあらずと思ふ

死者われが言ふ

酸つぱさうなかりんの実る十月の曇りの午後の雲の切れ間よ

賢治の授業の準備してゐるどこどこと又三郎の歌うたひつつ

教室が居場所となれど続かぬか嫉妬で黄いろき目が光るなり

さつと雨ふりたるのちにわれはもううまゐしてをりどつどどどう

空間の切り替はるとき降る雨の向かうより「銀河ステーション」の声

ああ夢の瀧の下なり検札人あらはるるまへにしづくとならむ

闇の底へどつどどどうと落ちてゆく幻想第四次の瀧に乗り込む

「どこまででも行ける筈でさあ」あごしやくる帽子の男ぎらついた目で

教師とは帽子とマスクかぶる群れ素肌さらすは異端なりけり

異端なる発想を嗤《わら》ひたりしことといくたびわれも　又三郎よ

押しのけて人押しのけて合格を得たるわれなり留学せしは

瀧は汽車銀河へと飛ぶやつと目をひらけば蒼く舞ふ燐光よ

あく強きわが考へを押し付けて来しこと思ふ宇宙の闇に

石炭袋どほんと開く何もかも吸ひこみてしまふわれの狂気が

ジョバンニは純粋にどこまでも行くつもりなりしが彼岸ぞそこは
青いくるみが吹き飛んでいくいやあれは地球のやうだと死者われが言ふ

雪の名前

エスキモー語に雪の呼び名は二十あるああそれをいふ人の真顔よ

エスキモーはさすがに雪を知つてゐるゆゑに名前は四つしかない

雪の名が四つもあると驚きて八、十、二十と人はほら吹く

「サピア＝ウォーフの仮説」もフランツ・ボアズ説も曖昧にして霙《みぞれ》のごとし

「積雪《アプト》」「降雪《カナ》」「地吹雪《ピクシクスク》」「溜まり雪《クイムクスク》」のあるばかりそれを語幹と呼ぶ　うそ寒し

日本には雪の名、風の名一冊の本をなすほどあふれをるなり

『津軽』にはこな雪わた雪みづ雪と太宰は七つの名を挙げてをり

こほり雪つぶ雪かた雪ざらめ雪はるかなる香よ津軽の雪の

しまうまの蹄のひびき聞きにけりまだらの雪の坂下りつつ

曼殊沙華の名を数へみて千超ゆる深夜の二時にコーヒー冷めて

曼殊沙華の呼び名が千をくだらぬは千年の毒の歴史なりけり

Ⅶ　夜のプールに

ばた足

ばた足ができぬわれなり　幼き日ビート板手に　足打てど水打ちたれど　ばしやばしやと音のみ高く　いかにせむ毫《がう》も進まず　やすやすとみなひと泳ぐ　不思議なりなぜに進むや　推進の力はしなり　みなしたふいをの尾びれの　しならねば水をえ押さず　しなやかに腿《もも》から足が　鞭としてうなるべきなり　いつかうに水を馭《ぎょ》しえぬ　わがからだあまりにかたし　足首もいをの尾びれの　しなりなく水叩くのみ　鍛錬をかつて重ねし　空手にぞありても足は　上段に蹴りもあがらず　苦労して歳を重ねし　このからだ硬直を増す　ただひとりしゆ

んと浮かびて　隣なるコースに聞けば　わかくさのつま先こそを　内に向けた
まへと笑ふ　うら若き女性コーチぞ　そのほそき声聞きてのち　ばた足を繰り
返したり　やうやうにまた唐突に　わがからだ進み始めぬ　涙すわれは

反歌

おそろしきからだのかたさこらへつつ生きてたうとうばた足にいどむ
足首のかたきばた足つまさきを内に向けたり　進みぬつひに

天井

すいすいとみのもを進み　疲るるを知らぬげのひと　出来あがりし泳ぎのわざよ　はじめからかうであらむと　信じたくなりたるほどに　やすらけくただひとひらの　苦心すら見ゆることなし　努力など無縁のわざか　軽々とうらやましきよ　ひたすらに眺めをれども　はじめよりかくなるわざに　至り得るわけもあらざり　ひさかたの天井高く　ガラス張りに反射をやめぬ　水の光のしみじみあをく　あぢさはふ目を射りにけり　優雅にもみのもに浮かぶ　たくづの白鳥思ふ　絶えまなくみにくき足で　にごりたる水蹴りやまず　びろびろの

あの水搔きの　目に見えぬ働きありて　やうやくに進みをるなり　しろたへの
白鳥たちの　何ごともあらぬそぶりの　根にぞある足の疲れを　水ふかくつね
に見とほす　まなざしぞ欲し

反歌

顔あげて息継ぎしつつ天井の水の光の青さ確かむ
水音を聞くため泳ぐ七階のプールの窓に月がきてゐる

背泳ぎ

水泳パンツはきたるひとの　もみぢばの赤と黄との　明るさを見かくるたびに
筋骨もたくましくして　その泳ぎうまき中年　おもむろに背泳ぎ始む　変哲もな
き動きなり　くるくると水車のごとく　水脈《みを》たてすすみゆくなり　息継ぎのく
るしみもなく　伸ばしたる腕まはしゆく　となりなるコースにをりて　水中にわ
れはもぐりぬ　待ち受けて見つめてをれば　その腕は水車のごとき　愚鈍なる動
きにあらず　水に入るや腕はまよこへ　Sの字に流れ踊りぬ　Sの字は律をつく
りて　やすやすと水を押しやり　最後にはぱあっと撥ねて　白き泡かきすつるな

り　また空へすうつと伸ぶる　その線の草書のごとく　たおやかに強靭なりき
萩花のしなりを思ふ　その鼓動の何気なきさま　こころより讃嘆しつつ　水のう
ちに見つづけてをり　まばたきも息するもつひに　忘れてわれは

反歌

大胆に細心にまはる背泳ぎの手首のかへし見つめやまずは
水を掻く腕のしなりに搦はれて呆然と水は押しやられゆく

クロール

おのづから掌《て》で水かけば　知れること数多《あまた》あるなり　左手は水をとらへて　し
んしんと　すすみたれども　右の手は水をひつかき　指の間《ま》に雑音混じる　黒
板を爪でひつかく　あしねはふ憂き音のごと　全身に伝はりくるぞ　やすやす
と水に乗らむか　水により拒まれたるか　わが掌にて水かきたれば　肌をもて
そはわかるなり　進まねばそはしくじりぞ　しくじりてまたしくじりて　力み
たる掌をつかれさせ　水かきてまた水をかく　際限のなき迷路なり　されどま
たいつかある日に　光ある場所にこそ出む　生くるべきところを得むや　およ

ぐひと無数にをりて　それぞれにそれぞれの泳ぎ　性格を遂ぐるうごきに　無
駄のある泳ぎもじつは　無駄といふ縛り越ゆるぞ　いつまでもどこまでも行か
む　とまらずわれは

反歌

難破船沈みゆくごとき泳ぎにていつまでも泳ぎやまぬひとあり
無駄なるも無駄ではなくなつてゐるやうなクロールですでに遠くなるひと

Ⅷ　春は浅きか

偉人の月の音楽

「教授なのになぜ読めないの」と呟きしキラキラネームに苦笑ひせり

ぐれいと、るな、どれみは偉人、月、七音のクイズとしても無理があるなり

読めずともチコちゃんに叱られはせぬ名前の不思議は昔からある

正しき名呼ばるるは実に肝要なることゆゑ初回の授業にメモす

誤りしことを認めぬ教師らに怒鳴られ殴られわれは育ちぬ

思ひだす小学三年のクラス分け校庭で小さく名を呼ばれゆく

つひに名は呼ばれずわれはひとりだけ校庭に残り叱られてをり

「にちおくとしつぐ」とわが名を読みしは教師なりわれは精密に聞きてをりたり

変な姓と笑はれて来しさりながら名古屋の人はたれも笑はず

※母は名古屋の出身である。

名古屋には日置《ひおき》とふ名の通りあり橋も神社も郵便局も

※母は日置という響きに懐かしさを感じて結婚した。

鹿児島も好きなりまだ見ぬ日置市《ひおきし》の吹上浜《ふきあげはま》の夕陽を思ふ

春は浅きか

曼殊沙華つるぎのごときみどり葉のうち伏してところどころ折れたり

緑濃きこの葉を愛すやはらかに毒をはぐくむこのほそき刃を

色白のムクノキにハンノキといふ札かかる隣りの黒き樹なるに
ムクノキに雨滴りて樹皮はいま半ばまで黒く染まりたるなり
アカメガシハにいまだ葉はなく血管の浮き出るやうな幹は濡れをり

白と黒のどこに境界があるのやらと呟けばルメは「ほんたう？」と笑む

冴えかへる風に桜は咲きそめて散りそめてわが進路は見えず

「令和」とふ上《かみ》のお告げのざわざわと巧言令色浅きか春は

春さむの夜のかなたの白毫《びやくがう》を掌《て》に載せてゐるひとへ　訃音《ふいん》を

※白毫は光を放って三千世界を映し出す装置。

遠き掌《て》のうへに流れはじめてゐるメールのをはりにひかるわが名よ

かなたより返信ありていくたびもイラストのまる顔が涙す

しやがのはな

電気屋がガスをガス屋が電気売る時代となりてひどき春さむ

射干の花けさもフリルを震はせてすこししなだれ細く立つなり

フリルなる白き花弁はあはあはと蒼き斑《ふ》の入るふるへなりけり

四十歳《しじふ》ほどのをみなが「女性車両」だとわれを責めをり土曜の朝に

土曜日に「女性車両」はありませんちひさき声でそつと告げたり

「土曜でも私は働いてゐるのよ」とつばきし歯ぎしりわれを見るなり

すばらしき言葉なるらむみな知らぬ顔でスマホを弄《いぢ》る車内に

われもまたネクタイをして土曜日の講義のために吊り革つかむ

どんな日もマスコン握る運転士のおかげで電車にいま揺られをり

※運転台の制御ハンドルはマスター・コントローラー。略してマスコン。

普請中の渋谷の駅の迷路抜け路上へと出る遠き路上に

百万の名刺が捨てられゆく街に名刺を持たぬわが影あゆむ

トランプが誰かを解任したといふ電光ニュースたれも見上げず

ロクシタンにラヴァンドの翳りさがすなりガラス張りなる光のなかで

※ L'OCCITANEは、南仏プロヴァンス発祥で自然派の化粧品・香水店。

ヒカリエの窓から熱く張り詰めた卵黄のやうな夕日見てゐる

遥かなるノートル・ダム

回転木馬《マネージュ》にラヴェンダーの香の降る午後はふるへやまざりノートル・ダムも

遥かなるノートル・ダムよ身を抜けて魂は常におとなひやまず

闇を飛び妙なかたちのドアを押すしづかに響く石のひしめき

薔薇窓の一郭が実は闇のドア　夜ごと回廊を見下ろしにゆく

ナポレオンも聖テレーズもあゆみをり蝋燭のゆらぐ灯《あか》りのなかを

空襲を受けたるさまに身廊へ火が降るわれの蒼き眼の炎《ひ》か

サバンナの草原に燃ゆる樹のやうに尖塔が火を噴きて透けをり

永遠と信じたる屋根くづれだし瓦礫降るなりピエタの像に

殺されしイエスを抱きて天仰ぐマリアの白き石像遺る

天蓋よなぜ崩れしか尖塔よなぜ燃えたるかマリアよマリア

神の子イエスの最期の言葉が響きくるエリ・エリ・レマ・サバクタニ　ああ

※「わが神、わが神、なぜわたしをお見捨てになったのですか」(『マタイによる福音書』)。

あとがき

最近心を込めて詠んだ中から、短歌四四六首、長歌四首を選んで第八歌集とした。

私の歌は窪田空穂の血脈を引く。具体的な事実につきつつ、象徴性を求める。特に一首が全体喩となる歌を詠みたいと思う。長歌は、五十代に水泳の手習いをするつぶやきを記したものだが、ここにいうプールとは短歌の世界を指すと考えてよい。

今年四月にノートル・ダム大聖堂が燃える前から、昔、フランスに留学した記憶が不思議と蘇っていた。初めにパリでノートル・ダムと出会い、それから南仏に棲み、プロヴァンス大学で言語学を学んだ。一旦帰国して、またパリに戻り、ノートル・ダムに近いソルボンヌの大学院で文学を研究した。昨日のことのようである。この歌集には、しずかな祈りを込めた。

いつもご指導いただく馬場あき子先生、歌友の皆様、また書肆侃侃房の田島安江様をはじめとするスタッフの皆様に、厚くお礼申し上げる。

二〇一九年六月十日

日置俊次

■著者略歴

日置俊次（ひおき・しゅんじ）

1961年、岐阜県生まれ。東京大学文学部卒業。サンケイ・スカラシップ奨学生、仏国政府給費留学生、日本学術振興会海外特別研究員としてパリ大学などに留学。ほかに台湾大学で研究。現在、青山学院大学文学部日本文学科教授。歌誌『かりん』編集委員。歌集に『ノートル・ダムの椅子』『記憶の固執』『愛の挨拶』『ダルメシアンの家』『ダルメシアンの壺』『落ち葉の墓』『地獄谷』。

かりん叢書352篇

ユニヴェール11

ラヴェンダーの翳《かげ》り

二〇一九年八月九日　第一刷発行

著　者　日置俊次
発行者　田島安江
発行所　株式会社 書肆侃侃房（しょしかんかんぼう）
〒八一〇-〇〇四一
福岡市中央区大名二-八-十八-五〇一
TEL：〇九二-七三五-二八〇二
FAX：〇九二-七三五-二七九二
http://www.kankanbou.com info@kankanbou.com

DTP　黒木留実（BEING）
印刷・製本　アロー印刷株式会社

ISBN978-4-86385-372-0　C0092